D0040360

A la orilla del viento…

Primera edición en inglés,   1994
Primera edición en español, 1998
     Séptima reimpresión,   2007

Fine, Anne
     El diario de un gato asesino / Anne Fine ; ilus. de Damián Ortega ; trad. de
Ernestina Loyo. — México : FCE, 1998.
     46 p. : ilus. ; 19 × 15 cm — (Colec. A la orilla del viento)
     Título original The Diary of a Killer Cat
     ISBN 978-968-16-5674-4

     1. Literatura infantil I. Ortega, Damián, ilus. II. Loyo, Ernestina, tr.
III. Ser IV. t

LC PZ7   Dewey 808.068 F594d

Distribución en Latinoamérica

Comentarios y sugerencias: editorial@fondodeculturaeconomica.com
www.fondodeculturaeconomica.com
Tel. (55)5227-4672 Fax (55)5227-4694

Empresa certificada ISO 9001: 2000

Título original: *The Diary of a Killer Cat*
© 1994, Anne Fine
Publicado por Hamish Hamilton Books, Penguin Group, Londres
ISBN 0-14-036931-7

Editor: Daniel Goldin
Diseño: Joaquín Sierra Escalante
Dirección artística: Mauricio Gómez Morin

D. R. © 1998, Fondo de Cultura Económica
Carretera Picacho-Ajusco 227; 14200 México, D. F.

Se prohíbe la reproducción total o parcial de esta obra
—incluido el diseño tipográfico y de portada—,
sea cual fuere el medio, electrónico o mecánico,
sin el consentimiento por escrito del editor.

ISBN 978-968-16-5674-4

Impreso en México • *Printed in Mexico*

El diario de un gato asesino

Anne Fine

ilustraciones de Damián Ortega
traducción de Ernestina Loyo

FONDO DE CULTURA ECONÓMICA

1. Lunes

◆ ESTÁ BIEN, está bien. Cuélguenme. Maté al pájaro. Por todos los cielos, soy un gato. Mi trabajo, prácticamente, es andar sigiloso por el jardín tras los dulces pajaritos de antojo que apenas pueden volar de un seto a otro. Entonces, ¿qué se supone que debo hacer cuando una de esas pelotitas emplumadas revoloteantes casi se arroja a mi boca? O sea, de hecho aterrizó en mis garras. Me pudo haber golpeado.

Está bien, está bien. Le di un zarpazo. ¿Es ésa una razón para que Eli llorara tan copiosamente sobre mi pelambre que casi me ahoga, y me apretara tan fuerte que casi me asfixia?

—¡Ay, Tufy! —dijo ella, toda sollozos, ojos enrojecidos y montones de pañuelos mojados—. ¡Ay, Tufy!, ¿cómo pudiste hacer eso?

¿Cómo pude hacer eso? Soy un gato. Cómo iba a saber que se haría tanto lío: la madre de Eli corriendo apurada por periódicos viejos, y el padre de Eli llenando una cubeta con agua jabonosa.

Bueno, bueno. Tal vez no debí arrastrarlo adentro y dejarlo en la alfombra. Y es probable que las manchas no se quiten nunca.

Así que: cuélguenme. ◆

2. Martes

◆ DISFRUTÉ bastante el pequeño funeral. No creo que ellos quisieran que viniera, pero, después de todo, el jardín es tan mío como suyo. De hecho, yo paso mucho más tiempo en él. Soy el único miembro de la familia que lo usa apropiadamente.

Y ni siquiera me lo agradecen, deberían oírlos:

"El gato está arruinando mis macizos de flores. Casi no quedan petunias."

"Acababa de plantar las lobelias cuando ya se había tumbado encima de ellas, aplastándolas todas."

"Cómo me gustaría que no escarbara hoyos en las anémonas."

Quejas, quejas, y más quejas. No sé por qué se toman la molestia de tener un gato si todo lo que hacen es lamentarse.

Todos menos Eli. Ella estaba muy ocupada encargándose del pájaro. Lo puso en una caja que envolvió con tela de algodón; cavó un pequeño agujero, y luego todos nos paramos alrededor mientras ella decía

unas cuantas palabras, deseando al pájaro suerte en el Cielo.

—Vete de aquí —me siseó el padre de Eli. (Siempre me ha parecido un poco rudo ese hombre.) Pero yo sólo meneé la cola. Le clavé la mirada. ¿Quién se cree que es? Si yo quiero observar el funeral de un pajarito, lo observo. Después de todo yo conocí al pájaro durante más tiempo que cualquiera de ellos. Lo conocí cuando estaba vivo. ◆

3. Miércoles

◆ ¡PÉGUENME! Traje un ratón muerto a su preciosa casa.
Ni siquiera lo maté. Cuando me lo encontré ya estaba
difunto. Nadie puede andar seguro por el barrio. Esta
avenida está inundada con veneno para ratas, autos
veloces al ataque van y vienen a todas horas, y yo no soy
el único gato por estos rumbos. Ni siquiera sé qué le pasó
al pobre. Todo lo que sé es que me lo encontré y ya
estaba muerto. (Recién muerto, pero muerto.) En el
momento pensé que sería una buena idea traerlo a casa.
No me pregunten por qué. Debo haber estado loco.
¿Cómo iba a saber que Eli me atraparía para darme uno
de sus sermones?

—¡Ay, Tufy! Es la segunda vez en esta semana. No lo puedo soportar. Sé que eres un gato, que es natural y todo eso. Pero, por favor, por mi propio bien, no lo hagas más. —Me miró a los ojos intensamente—. ¿Vas a dejar de hacerlo, por favor?

Le clavé la mirada. (Bueno, lo intenté pero ella no estaba de humor.)

—Hablo en serio, Tufy —me dijo—. Te quiero mucho y entiendo cómo te sientes. Pero debes dejar de hacer esto, ¿está bien?

Me tenía sujeto de las garras. ¿Qué podía yo decir? Así que traté de parecer todo compungido. Luego ella rompió a llorar de nuevo y tuvimos otro funeral.

Este lugar se está convirtiendo en un parque de diversiones. En serio. ◆

4. Jueves

◆ ¡ESTÁ BIEN, está bien! Voy a intentar dar una explicación sobre el conejo. Para comenzar, creo que nadie me ha dado el crédito suficiente por haberlo metido a través de la entrada para gatos. No fue fácil. Déjenme decirles que tardé cerca de una hora en hacer pasar ese conejo por el pequeño agujero. Estaba gordo a más no poder. Parecía más un cerdo que un conejo, si quieren mi opinión.

Pero a nadie le importaba lo que yo pensara. Estaban como locos.

—¡Es Thumper! —chilló Eli—. ¡Es Thumper, el de la vecina!

—¡Chispas! —dijo el padre de Eli—. Sí que estamos en problemas. ¿Qué vamos a hacer ahora?

La madre de Eli me miró fijamente.

—¿Cómo es que un gato pudo hacer eso? —preguntó—. Digo, no es como un pajarito, o un ratón, o cualquier otra cosa. Ese conejo es del mismo tamaño que Tufy. Los dos pesan una tonelada.

Lindo. Muy lindo. Ésta es mi familia. Bueno, es la familia de Eli. Ustedes entienden, ¿no?

Y Eli, por supuesto, alucinó. Estaba frenética.

—Es horrible —gimoteó—. Horrible. No puedo creer que Tufy haya podido hacer eso. Thumper fue nuestro vecino durante años y años.

Es cierto. Thumper era un amigo. Lo conocí bien.

Ella se volvió hacia mí.

—¡Tufy! Esto es el acabóse. Ese pobre, pobrecillo conejo. ¡Míralo nada más!

En verdad Thumper se veía un poco desastroso, lo
admito. O sea, estaba casi todo cubierto de lodo. Con unas
cuantas manchas de pasto, supongo. Y un poco de hierba
y cositas pegadas en el pelambre; una raya de aceite en
una oreja. Pero nadie que sea arrastrado por todo un
jardín, luego por una cerca de setos, por otro jardín y a
través de una entrada para gato recién aceitada, se ve al
final como si estuviera a punto de salir a una fiesta.

Y a Thumper no le importaba cómo se veía. Estaba
difunto.

Sin embargo, a los demás sí les importaba. Y de qué
manera.

—¿Qué vamos a hacer?

—¡Ay, esto es espantoso! La vecina nunca nos volverá
a hablar.

—Debemos pensar en algo.

Y eso hicieron. Tengo que admitirlo, fue un plan brillante desde donde lo miren. Primero el padre de Eli fue a buscar la cubeta de nuevo y la llenó con agua jabonosa tibia. (Mientras hacía esto me lanzó una miradita, tratando de hacerme sentir culpable por haber tenido que sumergir sus manos en el viejo Líquido Mágico dos veces en una semana. Yo sólo lo miré con cara de "no me impresionas".)

Luego la mamá de Eli metió a remojar a Thumper en la cubeta, le dio un agradable baño de burbujas y lo enjuagó. El agua tomó un sucio color chocolatoso (todo ese lodo); luego, mirándome como si fuera mi culpa, arrojaron el agua por el lavadero y comenzaron otra vez con nuevas burbujas de jabón.

Eli hacía pucheros, por supuesto.

—Deja de hacer eso, Eli —dijo su madre—. Me pone de nervios. Si quieres hacer algo de provecho, ve a buscar la secadora de pelo.

Así que Eli subió por la escalera, todavía llorando a gritos.

Yo me senté encima del aparador y los observé.

Tomaron al pobre de Thumper y lo volvieron a meter en la cubeta.

(¡Menos mal que ya estaba occiso! No le habría gustado ni tantito toda esa lavandería.) Cuando el agua finalmente corrió clara, lo sacaron y lo escurrieron.

Luego lo pusieron sobre periódicos y le dieron a Eli la secadora.

—Ahora es tu turno —dijeron—. Que quede bien esponjadito.

Déjenme decirles que de inmediato puso manos a la obra. Esa Eli podría llegar a ser una peinadora brillante por la manera en que lo esponjó. Les aseguro que nunca vi a Thumper lucir tan lindo antes, y eso que vivió al lado durante años y años, y que lo veía todos los días.

"¡Guau!, Thump!" Lo saludé a medias con la cabeza y me fui a dar una vuelta para revisar lo que había quedado en los platos de alimento por la avenida.

"Hola, Tuf", pareció devolverme el saludo con un estremecimiento.

Cierto, éramos buenos compañeros. Éramos amigos. Así que fue realmente agradable verlo lucir tan arreglado y elegante cuando Eli terminó con él.

Se veía muy bien.

—¿Y ahora qué? —preguntó el padre de Eli.

La mamá de Eli le lanzó una mirada como las que a veces me echa a mí, sólo que más agradable.

—Ay, no —dijo él—. Yo no, por favor. No, no, no.

—O lo haces tú o lo hago yo —resolvió ella—. Y yo no puedo ir.

—¿Por qué no? —dijo él—. Tú eres más pequeña que yo. Puedes arrastrarte a través de la cerca más fácilmente.

Entonces me di cuenta de lo que tenían en mente. Pero ¿qué podía yo decir? ¿Qué podía hacer para detenerlos? ¿Para explicarles?

Nada. Yo sólo soy un gato.

Me senté y observé. ◆

5. Viernes

◆ DIGO QUE era viernes porque lo fueron a dejar muy tarde. El reloj marcaba más de medianoche cuando el padre de Eli finalmente se levantó de su cómoda silla frente a la tele y subió las escaleras. Cuando bajó de nuevo, vestía de negro. Negro de la cabeza a los pies.

—Pareces un asaltante —dijo la mamá de Eli.

—Me gustaría que alguien asaltara a nuestro gato —murmuró él.

Yo lo ignoré. Pensé que era lo mejor.

Juntos se dirigieron hacia la puerta trasera.

—No prendas la luz de afuera —le advirtió él—. Nunca se sabe quién puede estar observando.

Yo traté de escabullirme al mismo tiempo, pero la madre de Eli me detuvo con el pie.

—Te puedes quedar adentro esta noche —me dijo—. Ya has causado bastantes problemas esta semana.

El reclamo era justo. Y de cualquier manera me enteré de todo más tarde por Bella, Tigre y Pusskins. Todos vinieron a contarme. (Son buenos compañeros.)

Todos vieron al papá de Eli cruzar sigiloso el jardín con su bolsa de plástico llena de Thumper (envuelto cuidadosamente en una toalla para mantenerlo limpio). Todos lo vieron esforzándose para cruzar a través del hoyo bajo la cerca, y arrastrándose sobre su estómago por el jardín del vecino.

—No podía imaginar lo que él estaba haciendo —dijo Pusskins después.

—Arruinó el agujero de la cerca —se quejó Bella—. Ahora está tan grande que el rottweiler de los Thompson podría pasar por ahí.

—Ese papá de Eli debe tener una pésima visión nocturna —completó Tigre—. Se tardó una eternidad en encontrar la jaula en la oscuridad.

—Y abrirla.

—Y meter al pobre viejo Thumper.

—Y ponerlo cuidadosamente en su cama de paja.

—Todo rizadito.

—Con la paja arreglada alrededor de él.

—Así que se veía como si estuviera dormido.

—Era tan realista —dijo Bella—. Me pudo haber engañado. Si alguien hubiera pasado en la oscuridad, de veras habría pensado que el pobre Thumper murió de vejez mientras dormía, feliz y pacíficamente, después de una larga y buena vida.

Todos comenzaron a aullar de risa.

—Shhh —dije—. Bajen la voz, muchachos. Los van a

oír y se supone que no debo estar fuera esta noche. Estoy castigado.

Todos se me quedaron mirando.

—Déjate de cuentos.

—¿Castigado?

—¿Por qué?

—Asesinato —dije—. Por cunicidio a sangre fría.

Y nos volvimos a desatar de risa. Aullamos y maullamos. Lo último que oí, antes de irnos en grupo por el paseo Beechcroft, fue que se abría una ventana de las recámaras y el papá de Eli gritaba:

—¿Cómo hiciste para salir, tú, bestia mañosa?

Entonces, ¿qué va a hacer? ¿Poner clavos y atorar la salida para gatos? ◆

6. Todavía viernes

◆ PUSO CLAVOS a la puerta para gatos. ¿Pueden creerlo? Esta mañana baja por la escalera y, antes siquiera de quitarse la piyama, ya está dándole con el martillo y los clavos.

Bang, bang, bang, bang.

Le clavo la mirada. Pero él se da vuelta y me habla directamente.

—Listo —dice—. Esto te mantendrá a raya. Ahora abre hacia afuera. —Empuja con el pie la puerta para gatos—. Pero no hacia adentro.

Y, claro está, cuando la puerta batió hacia adentro, ya no pasó. Pegó en los clavos.

—Así que —me dice— puedes salir. Eres libre de salir. Eres libre, de hecho, no sólo de salir sino también de quedarte afuera, perderte o desaparecer para siempre. Pero si te tomas la molestia de regresar, no te esfuerces en traer algo contigo. Porque esto ahora sólo abre hacia afuera y tendrás que sentarte en el tapete hasta que alguien de la familia te permita entrar.

Me mira con ojos entrecerrados como de malvado.

—¡Ay de ti!, Tufy, si hay algo muerto esperando en el tapete a tu lado.

"¡Ay de ti!" Qué expresión más tonta. Y de cualquier manera, qué diantres significa: "¡Ay de ti!"

¡Ay de él! ◆

7. Sábado

◆ DETESTO la mañana del sábado. Es tan molesta, tanto alboroto y martillazos en la puerta y "¿traes la bolsa?" y "¿dónde está la lista de las compras?" y "¿necesitamos comida para gato?" Por supuesto que la necesitamos. ¿Qué más se supone que voy a comer toda la semana?: ¿aire?

Sin embargo, hoy se veían bastante tranquilos. Eli, sentada a la mesa, tallaba una linda lápida para Thumper en un pedazo de corcho. Decía:

THUMPER
Descansa en paz

—No debes llevarla a la casa de al lado todavía —le advirtió su padre—. Al menos no hasta que nos comuniquen que Thumper murió.

Algunas personas nacen sentimentales. Sus ojos rebosaban de lágrimas.

—Ahí va la vecina —dijo la madre de Eli mirando hacia la ventana.

—¿Hacia dónde se fue?

—Hacia las tiendas.

—Muy bien. Si mantenemos una distancia prudente, podemos llevar a Tufy con la veterinaria sin toparnos con ella.

¿Tufy? ¿Veterinaria?

Eli estaba aún más aterrada que yo. Se arrojó contra su padre, golpeándolo con sus suaves y pequeños puños.

—¡Papá! ¡No! No puedes hacer eso.

Yo di una mejor pelea con mis garras. Cuando él finalmente me atrapó y me sacó de la oscuridad del gabinete bajo el fregadero, su suéter estaba arruinado y sus manos estaban arañadas y sangraban.

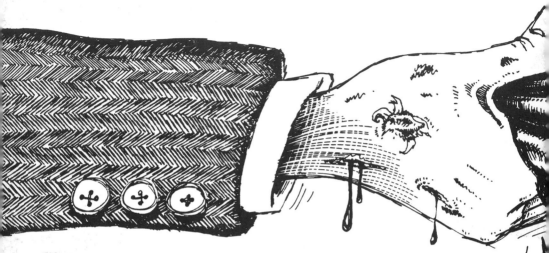

No se veía muy complacido al respecto.

—Sal de ahí, tú, grandísimo granuja peludo. Sólo vamos a una vacuna.

¿Ustedes le hubieran creído? Yo no estaba completamente seguro. (Tampoco Eli, así que vino con nosotros.) Yo todavía desconfiaba bastante cuando llegamos con la veterinaria. Ésa es la única razón por la que le escupí a la chica que estaba detrás del escritorio. No había la menor razón para escribir MANÉJESE CON CUIDADO en la etiqueta sobre mi jaula. Ni siquiera al rottweiler de los Thompson le anotan MANÉJESE CON CUIDADO en la etiqueta de su jaula. ¿Qué tengo yo de malo?

Así que me porté un poco rudo en la sala de espera. ¿Qué querían? Detesto esperar, sobre todo esperar embutido en una jaula de alambre. Es estrecha, hace calor... y uno se aburre. Después de algunos cientos de minutos de estar sentado ahí tranquilamente, cualquiera comenzaría a bromear con sus vecinos. No era mi intención medio matar del susto a ese bebé gerbo enfermito. Yo sólo lo estaba mirando. Éste es un país libre, ¿o no? ¿O es que un gato ni siquiera puede mirar a un dulce y pequeñito bebé gerbo?

Y si me relamía los bigotes (lo cual no estaba haciendo) era sólo porque tenía sed. Lo juro. No hacía como si me lo quisiera comer.

El problema con los bebés gerbos es que no aguantan una broma.

Tampoco nadie más en este lugar.

El papá de Eli alzó la vista del folleto que estaba leyendo: "Su mascota y los gusanos". (Vaya, agradable, muy agradable.)

—Voltea la jaula hacia el otro lado, Eli —dijo.

Eli giró mi jaula hacia el otro lado.

Ahora quedé frente al terrier de los Fisher. (Y si hay algún animal en el mundo que debería tener escrito MANÉJESE CON CUIDADO en la etiqueta de su jaula, ése es el terrier de los Fisher.)

34

De acuerdo, sí le siseé. Sólo fue un bufido leve. De hecho se necesitarían oídos biónicos para percibirlo.

Y sí le gruñí un poquito. Pero, ¿no creen que él tenía ventaja en esto de gruñir? Después de todo es un perro. Yo sólo soy un gato.

Y sí, lo acepto, escupí un poco. Pero sólo un poco. Nada que ustedes pudieran notar a menos que quisieran fastidiar a alguien.

Bueno, cómo iba yo a saber que no se sentía muy bien. No todos los que acuden al veterinario están enfermos. Yo no estaba enfermo, ¿o sí? De hecho nunca en mi vida me he enfermado. Ni siquiera sé qué se siente. Pero, lo que sí sé es que, aunque estuviera a punto de morir, si algo peludo encerrado en una jaula me hiciera un ruidito, yo no iría lloriqueando a meterme bajo el asiento para esconderme tras las rodillas de mi dueña.

Eso es más propio de una gallina que de un terrier escocés, si quieren mi opinión.

—Por favor, ¿podrían mantener a ese malvado gato suyo bajo control? —dijo la señor Fisher ásperamente.

Eli me defendió.

—¡Ya está en una jaula!

—Sigue aterrando a la mitad de los animales que hay aquí. ¿Qué no pueden cubrirlo, o algo?

Se notaba que Eli iba a seguir discutiendo. Pero, sin siquiera levantar la mirada de su folleto de gusanos, su padre de pronto dejó caer su gabardina sobre mi jaula como si yo fuera un perico latoso o algo por el estilo.

Y todo se oscureció.

No es de extrañar que para cuando la veterinaria se me acercó con su desagradable jeringa yo estuviera un poco de genio, pero no era mi intención rasguñarla tanto.

O romper todos esos frasquitos de cristal.

O tirar la nueva y costosa báscula de la mesa.

O derramar todo ese líquido para desinfectar.

No fui yo quien rompió mi expediente en pedacitos. Fue la veterinaria.

Cuando salimos, Eli lloraba otra vez. (Algunas personas nacen sentimentales.) Apretaba mi jaula contra su pecho.

—¡Ay, Tufy! Hasta que encontremos un nuevo veterinario que prometa cuidarte, debes ser muy cuidadoso de que no te atropellen.

—Imposible —murmuró su padre.

Yo lo miraba duramente a través del alambre, cuando él distinguió a la mamá de Eli, rodeada de bolsas de mandado afuera del supermercado.

—Están muy retrasados —dijo molesta—. ¿Hubo algún problema en el veterinario?

Eli rompió a llorar. ¡Qué debilucha!, ¿no creen? Pero su padre está hecho de madera más dura; acababa de tomar la más grande bocanada de aire, listo para acusarme, cuando de pronto la soltó de nuevo. Con el rabillo del ojo había visto problemas de otra índole.

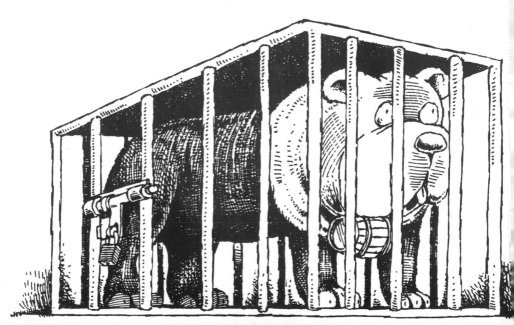

—¡Rápido! —murmuró—. La vecina está saliendo de la caja.

Recogió la mitad de las bolsas del súper. La mamá de Eli levantó las demás. Pero antes de que pudiéramos alejarnos, la vecina salió por las puertas de cristal.

Así que ahora los cuatro se vieron obligados a saludarse.

—Buenos días —dijo el padre de Eli.

—Buenos días —contestó la vecina.

—Lindo día —dijo el padre de Eli.

—Adorable —contestó la vecina.

—Más lindo que ayer —dijo la madre de Eli.

—Ay, sí —dijo la vecina—. Ayer fue horrible.

Ella tal vez sólo se refería al clima, por todos los cielos. Pero a Eli se le llenaron los ojos de lágrimas. (No sé por qué le tenía tanto aprecio a Thumper. Se supone que su mascota soy yo, no él.) Y como ya no podía ver por dónde caminaba, tropezó con su madre y la mitad de las latas de comida para gato se cayeron de una de las bolsas y rodaron por la calle.

Eli dejó caer mi jaula y corrió tras ellas. Luego cometió el error de leer las etiquetas.

—¡Ay, no! —gimió—: "Conejo en trozos."

(Realmente, esa niña es una llorona. No podría pertenecer a nuestra pandilla. No duraría ni una semana.)

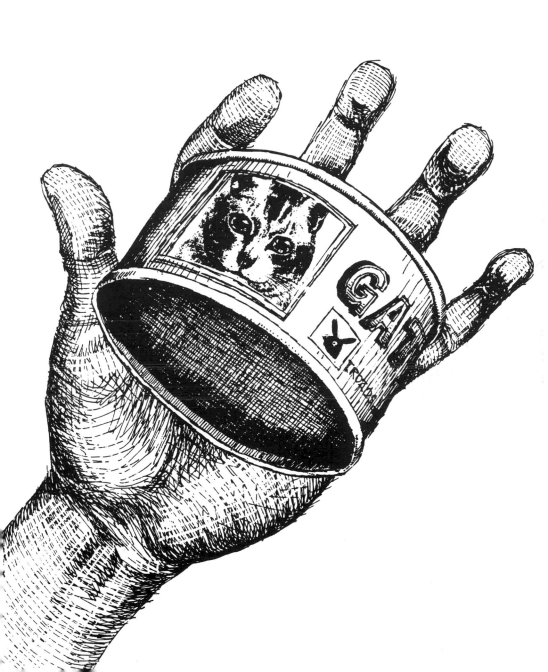

—Hablando de conejos —dijo la vecina—. En nuestra casa sucedió algo de lo más extraordinario.

—¿De veras? —dijo el padre de Eli, mirándome.

—¿Ah, sí? —dijo la mamá de Eli, mirándome también.

—Sí —dijo la vecina—. El lunes, el pobre Thumper se veía un poco mal, así que lo metimos a la casa. Para el martes, estaba peor. Y el miércoles murió. Era muy viejo, y había tenido una vida feliz, así que no nos sentimos tan mal. De hecho le hicimos un pequeño funeral y lo enterramos en una caja al fondo del jardín.

Ahora yo miro hacia las nubes.

—Y el jueves, desapareció.

—¿Desapareció?

—¿Desapareció?

—Sí, desapareció. Todo lo que quedaba de él era un agujero en la tierra y una caja vacía.

—¿De veras?

—¡Santo Cielo!

El padre de Eli me miraba de manera muy sospechosa.

—Y luego, ayer —continuó la vecina— sucedió algo todavía más extraordinario. Thumper estaba de regreso. Todo esponjado primorosamente, de vuelta en su jaula.

—¿De vuelta en su jaula, dice usted?

—¿Esponjado primorosamente? ¡Qué extraño!

Ustedes tienen que felicitarlos, son tan buenos actores. Mantuvieron la farsa todo el camino a casa.

—¡Qué historia tan increíble!

—¡Cómo pudo haber pasado!

—¡Realmente sorprendente!

—¡Muy extraño!

Hasta que entramos sin contratiempos por la puerta principal. Y entonces, por supuesto, ambos se volvieron hacia mí.

—Criatura falsa. ¡Mentiroso! Gato embustero.

—¡Haciéndonos creer que lo habías matado!

—¡Fingiendo todo el tiempo!

—Yo sabía que el gato no era capaz de hacerlo. Ese conejo era aún más gordo que él.

Al parecer ellos querían que yo hubiera asesinado al viejo Thumper.

Todos excepto Eli. Ella era muy tierna.

—No se atrevan a molestar a Tufy —les dijo—. ¡Déjenlo en paz! Apuesto a que ni siquiera desenterró al pobre de Thumper. Apuesto a que fue el maloso y perverso terrier de los Fisher quien hizo eso. Lo único que hizo Tufy fue traernos a Thumper para estar seguro de que fuera enterrado otra vez dignamente. Es un héroe. Un héroe considerado y amable.

Me dio un gran apretón cariñoso.

—¿No es así, Tufy?

Yo no digo nada, ¿o sí? Soy un gato. Así que me senté a observarlos mientras quitaban los clavos de la salida para gatos. ◆

Índice

El diario de un gato asesino de Anne Fine,
núm. 113 de la colección A la orilla del viento,
se terminó de imprimir y encuadernar en febrero de 2007
en Impresora y Encuadernadora Progreso, S. A. de C. V. (IEPSA),
Calz. de San Lorenzo, 244; 09830 México, D. F.
La edición consta de 3 200 ejemplares.